ぼくは めいたんてい

めいたんていネートと なかまたち

めいたんていネートが、さまざまな じけんを、
みごとな なぞときで かいけつして いきます!

ネート

じけんを かいけつする めいたんてい。
じけんのときは、たんていらしい かっこうで、
ママに おきてがみをして 出《で》かける。
パンケーキが 大《だい》すき。
よく はたらき、はたらいた あとは
よく 休《やす》むことに している。

いつもは
こんな かんじ!

じけんを かいけつちゅうの
ネートと スラッジ

スラッジ

じけんの かいけつを
手《て》つだってくれる
ネートの あいぼう。
のはらで 見《み》つけた犬《いぬ》。
ふるくなった パンケーキを
たべていたので、ネートは
おなじ なかまだと おもった。

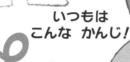

ハリー

アニーの
おとうと。

ファング

アニーの 犬《いぬ》。
でっかくて、
するどい はを
もっている。

アニー

ちゃいろの
かみと、
ちゃいろの
目《め》を した
よく わらう
かわいい子《こ》。
きいろが すき。

オリバー

ネートの
となりの いえに
すんでいる。
すぐに 人《ひと》に
ついてきて、はなれない。
ウナギを かっている。

ロザモンド

くろい かみと、
みどりいろの
目《め》を した 女《おんな》の子《こ》。
いつも かわった
ことを している。

クロード

いつも
なくしものを したり、
みちに まよったり
している。

エスメラルダ

りこうで、
なんでも
しっている。

フィンリー

べらべらと
よく
しゃべる。

ピップ

むくちで
あまり
しゃべらない。

ロザモンドの ねこたち

スーパー
ヘックス

大《おお》きい
ヘックス

なみの
ヘックス

小《ちい》さい
ヘックス

ぼくは めいたんてい

ペット・コンテストは大さわぎ

マージョリー・W・シャーマット／ぶん
マーク・シーモント／え
神宮輝夫／やく

大日本図書

ゆうしょう

ぼくは、めいたんていネートです。だいじけんを　かいけつします。じゅうような　しごとをしているのです。

ぼくは、けさも、じゅうような　しごとを　しました。スーパーマーケットで、ぼくの　犬《いぬ》の　スラッジの　ために、犬《いぬ》の　シャンプーを　かったのです。きょう、スラッジは、こうえんで　ひらかれる　コンテストに　さんかします。この　あたりで　いちばん　かっこよくて　かしこい　ペットが、えらばれるのです。めいたんていネートは、スラッジが、きんじょで　いちばんの　ペットだと　おもっています。

でも、　よごれているのも、　いちばんです。

スラッジが　もんくなく　えらばれるには、
犬《いぬ》の　シャンプーが　ひつようです。
パンケーキを　つくるには、　こむぎこ、
たまご、　バター、　ぎゅうにゅう、　しお、
さとう、　ふくらしこが　いります。
あんまり　いろいろ　かったので、
かみぶくろの　口《くち》が　ふさがりませんでした。
ぼくは、　あたらしい　じてんしゃの　うしろの
かごに、　ふくろを　いれて、　いえに　むかいました。
ロザモンドの　いえの　まえを　とおると、　中《なか》から、

かわった　音《おと》が　きこえて　きました。
ぼくは、なんの　さわぎかなと　おもったけれど、よそみを　しないで、まっすぐ　まえだけを　みていました。
それに、かわった　音《おと》なら、ロザモンドの　いえからは、いつも　きこえて　きます。ロザモンドは、かわった　おんなの子《こ》でした。
いえに　かえると、スラッジが　まって　いました。

「おまえの　シャンプーを　かってきたぞ。」
と、ぼくは　いいました。
スラッジは、ちっとも　うれしそうな　かおを　しません
でした。おふろが　きらいなのです。
ぼくが、かみぶくろを　ゆかに　おいて、中《なか》の　ものを
とりだそうと　すると、でんわが　なりました。
でんわは、ロザモンドからでした。
「わたし、ペット・コンテストの　しょうひんを　つくる
かかりなの。」
「しっているよ。」と、ぼくは　いいました。

めいたんていネートは、しょうひんなんか、もんだいに　していません。

「ところが、その　しょうひんが　きえてしまったのよ。」と、ロザモンドが　いいました。

「それって、どんな　もの？」

「ツナの　あきかん。きんもじで〝ゆうしょう〟って、かいてあるの。ペットなら、みんな

ほしがるわよ。それが、きえうせたの。」

と、ロザモンドは　いいました。

「つくりなおせば？」

「それじゃ、まに　あわないの。コンテストは、あと　一じかんで　はじまるのよ。」

ツナの　あきかんを　さがしてちょうだい。」

「ぼくの　スラッジも　コンテストにさんかするから、その　したくが　あるんだ。」

「でも、しょうひんが　なければ、コンテ

ストも　ないわよ。」と、ロザモンドは　いいました。

ぼくは、スラッジを　ながめました。

かっこうも　いいし、かしこそうです。

やっぱり、コンテストは、ひらかなくては。

「この　じけん、めいたんていネートが　ひきうけた。」

と、ぼくは　いいました。

「スラッジと　いっしょに　すぐ　いく。」

ぼくは、でんわを　きって、スラッジに　こえを　かけました。

「じけんだ。おまえを　あらってやる　ひまは　ないな。」

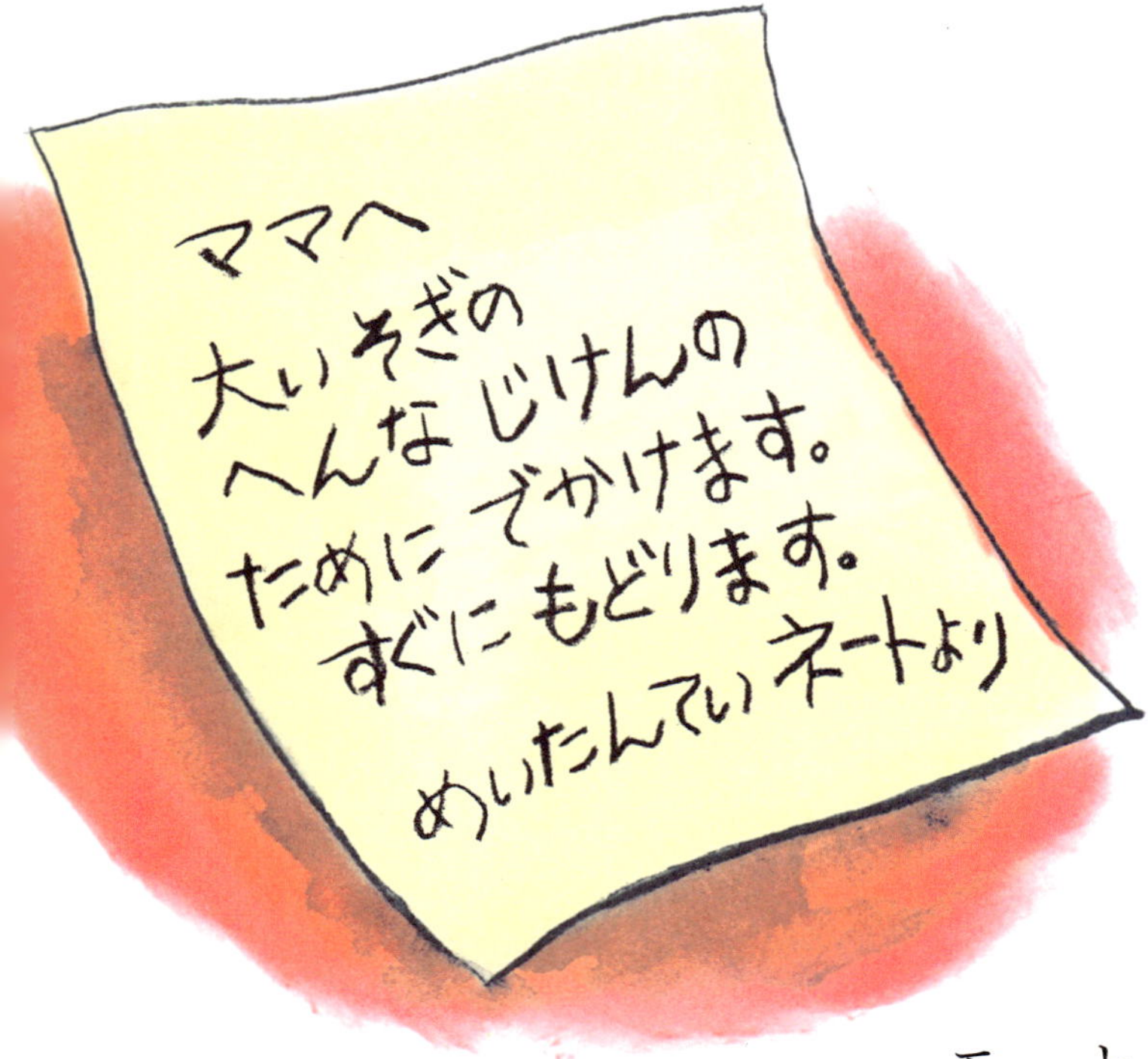

「よかった。」と、スラッジは　おもいました。

ぼくは、ママに　あてて、いそいで　おきてがみを　すると、スラッジを　つれて　ロザモンドの　いえへ　かけつけました。

のんきに　あいさつなんか、していられません。

「しょうひんは　どこに　おいて　あった？」と、ぼくは　ききました。

それは、ロザモンドの　へやでした。さかなくさい　におい
が　しました。

へやじゅうの　ものが　たおれたり、ひっくりかえったりして、ゆか　いっぱいに　ちらばって　いました。

もう、めちゃくちゃ。

「これ、どうしたの？」と、ぼくは　ききました。

「みんなが、ペットを　つれて、コンテストの　もうしこみに　きたの。」と、ロザモンドが　いいました。

「アニーは　ファングを　つれてきて、フィンリーは、ねずみを　つれてきて、オリバーは、うなぎを　つれてきて、

クロードは　ぶたを　つれてきたわ。ひとりで　きたのは、エスメラルダだけ。あの子《こ》、ペットが　いないから、しんさいんに　なるの。
　それでね、ファングが、クロードの　ぶたを　おいかけて、ぶたは　わたしの　ねこちゃんたちを　おいかけて、ねこちゃんたちは、ねずみを　おいかけたもんだから、ピップの　おうむが　すっかり　こうふん

して、とびまわったの。

オリバーの　うなぎまで、こうふんして　大《おお》あばれ。

わんわん、ぎゃーぎゃー、ぶーぶー、きーきー、へやじゅう
めちゃくちゃに　してくれたわよ。」

そうか、めいたんていネートがじてんしゃで　とおりかかったときこえた　おかしな　音《おと》は、それだったんだ。

「その　さわぎの　さいちゅう、ツナの　あきかんは
どこに　おいて　あった？」
「きんいろの　字《じ》を　かわかすために、まどを
あけて、まどわくの　上《うえ》に　のせておいたわ。」
「それが　なくなっているのに　気《き》づいたのは
いつ？」
「大《おお》さわぎの　すぐ　あと。」
と、ロザモンドは　いいました。
「みんなが　かえって、へやの　かたづけを
はじめて　すぐ、しょうひんが　ないことに

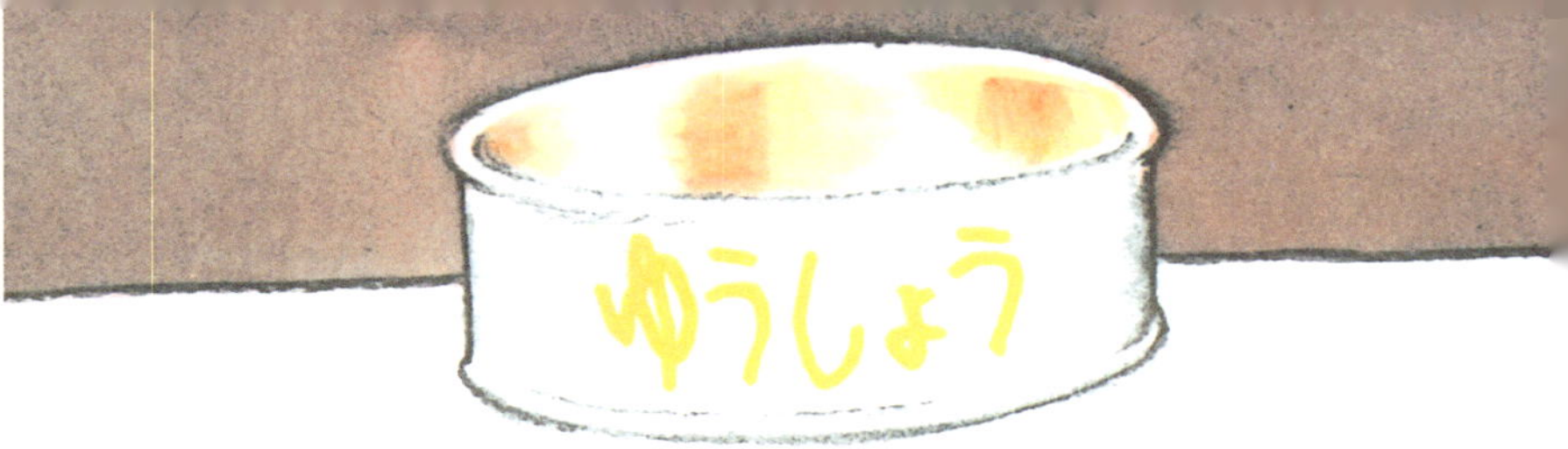

気《き》づいたの。へやじゅう　さがしてみたわ。」

「ぼくが、もう　いちど　さがしてみる。この　めちゃくちゃの　どこかに　あるだろ。まどわくから　おちた　ことは、まちがいない。じぶんこそ　ゆうしょうだと　おもっている　ペットが　とろうと　して、おしたか　ひいたか　けとばしたか　したんだ。」

「ゆうしょうは、うちの　ねこたちよ。」と、ロザモンドが　いいました。「それは　まちがいなし。」

〝かわってるでしょう〟なら、まちがいなしだけど　と　おもいながら、ぼくは　へやを　みまわしました。

「あきかんに　きんいろの　字《じ》を　かいたのは、この　へや？」
「いいえ。」と、ロザモンドは　いいました。
「それなら、まず　きんいろの　ぺんきの　しみを　みつければ　いい。それが　てがかりに　なる。もし、きみが　ここで　ぺんきを　つかっていれば、しみを　つけただろうから、てがかりに　ならない。」
「わたし、しみなんか　つけないわよ。」と、ロザモンドは　いいました。

めいたんていネートは、まどわくを　しらべました。

きんいろの　ぺんきの　しみが、まどわくの　中《なか》がわに
ついているか、そとがわに　ついているかで、あきかんが
へやの　中《なか》に　おちたか、そとに　おちたかが、わかります。

しかし、てがかりは　ありませんでした。

スラッジは、においを　かぎまくって　いました。

ぼくは、ロザモンドに　ききました。

「きみ、しょうひんを　つくるとき、ツナかんを　あらった？」

「まあね。」と、ロザモンドは　いいました。

「まあねって、それ、どんな　あらいかた？」

と、ぼくは　ききました。
「うちの　ねこたちが　なめたのよ。きれいに
なめるの。ツナが　だいすきだから。」
「じゃあ、せっけんは　つかっていないんだ。
つまり、しょうひんは、まだ　さかなくさい
って　ことだね。それは、てがかりに　なる。」
ぼくは、スラッジに、「いいか、さかな
くさい　においだぞ。」と、いいました。
ロザモンドの　へやでは、あきかんは、
みつかりませんでした。

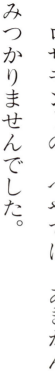

「ここには　ない。まどの　そとに　おちたらしいな。」

ぼくと　スラッジは、そとへ　とびだして、あたりを　みまわしました。

ほどうを　いったりきたり　して、さがしました。でも、あきかんどころか、きんいろの　ぺんきの　しみひとつ　みつかりません。

あきかんは、この　みちの　上《うえ》を、おされるか、ひっぱられるか、ひきずられるか、けとばされるかして、右《みぎ》か　左《ひだり》へはこばれて　いったのです。でも、なにも　みつかりません。

ぼくたちは、ロザモンドの　いえに　もどりました。
「これは、ひじょうに　へんな　じけんだよ。」
と、ぼくは　ロザモンドに　いいました。
「あきかんは、まどわくに　のっていた。だから　下《した》に
おちたに　きまってる。いえの　中《なか》か、そとの、どっちかに。
ところが、どっちを　さがしても、みつからない。」
「ぬすまれたのかも　しれないわね。」
と、ロザモンドは　いいました。めいたんていネートは、
こまってしまいました。きみの　あきかんなんか、だれが
ぬすむものか、なんて、とても　いえません。

「この へやに はいった みんなから、いろいろ きいてみるよ。ツナの あきかんに なにが おこったか、だれか みたかもしれない。」

ぼくと スラッジは、クロードの いえまで はしりました。

クロードは、ぶたと いっしょでした。クロードは、ものを なくしてばかり います。まだ ぶたを なくして いないのを みて、ぼくは、ほっと しました。クロードは、ぶたの せなかの

かたい　けに、ブラシを　かけて　いました。ぶたは、やまもりの　えさに　むちゅうです。

「アナスタシャを　ペット・コンテストに　だすしたくを　してるんだ。」

と、クロードが　いいました。

アナスタシャが、ぶうとなきました。それにしても、そのたべっぷりの　すごいこと。たべものは　みるみる

なくなります。まてよ、と、ぼくは　かんがえました。
　ツナかんは、あとかたも　なく　きえうせた。なにかの
中《なか》に　はいれば、ものは　きえうせる。たとえば、おなかの
中《なか》。めいたんていネートは、おもいきって　ききました。
「ぶたって、ぶたの　ように　たべるって、いうくらいだろ。
アナスタシャは、あきかんを　たべるかな。」
「ぼくは　しらない。」と、クロードは　いいました。
「これ、ぼくの　ぶたじゃ　ないんだ。のうじょうの　ぶた
を　コンテストの　ために　かりたんだ。どこかへ　いって
しまっても、ちゃんと　じぶんで　もどってくる。あたまが

いいんだ。きっと　コンテストで、ゆうしょうするよ。」
「アナスタシャの　口《くち》の　中《なか》を　みても　いいかい？」
と、ぼくは　きいてみました。
「みたいのなら、どうぞ。」と、クロードは　いいました。
めいたんていネートだって、ぶたの　口《くち》の　中《なか》なんか
みたくは　ありません。でも、じけんは　かいけつしなくて
は　なりません。それが　ぼくの　しごとです。
ぼくは、ぶたの　口《くち》を　あけて、いそいで　しめました。
「アナスタシャは、ツナの　あきかんを　たべていない。
あきかんに　ぬった　ぺんきは　かわいて　いなかった。

だから、アナスタシャが　たべれば、口《くち》の
中《なか》が　きんいろの　はずだ。きみ、
ロザモンドの　いえの　まどわくに
あきかんが　のってるの、みたかい？」
「みた。そして、みなかった。」
と、クロードは　いいました。
「きょうみある　へんじだね。」と、ぼくは　いい
ました。「めいたんていネートには、きょうみが　ある。」
「みんなが　大《おお》さわぎを　はじめる　まえ、まどわくの　上《うえ》
に　あるのが　みえたよ。そして、さわぎが　おわったとき

には、もう　みえなかった。」と、クロードが　いいました。

「なんだ、それなら　もう　しっている。ペットたちが　あばれている　あいだに、かんが　なくなった　ことは、もう　わかっているんだ。めいたんてい　ネートが　ほしいのは、あたらしい　てがかりさ。それが、すぐに　ほしいんだ。」

ぼくと　スラッジは、クロードに　さよなら　しました。アナスタシャを　みた　せいで、すっかり　おなかが　へって　いました。

ぼくは、いえに　もどって、スーパーで　かっ

た　ざいりょうを　つかって、パンケーキを　つくりたくなりました。なにもかも　そのままにして、とびだして　きたのです。でも、ぐずぐすしていると、ロザモンドの　へやに　きた　みんなから、はなしを　きく　ひまが　ありません。

まだ、アニー、オリバー、ピップ、フィンリー、エスメラルダが　のこっています。ぼくは、エスメラルダに　あう　ことに　しました。エスメラルダは、よく　気《き》が　つきます。エスメラルダには、ペットが　いません。もしかしたら、みんなが　ペットで　大《おお》さわ

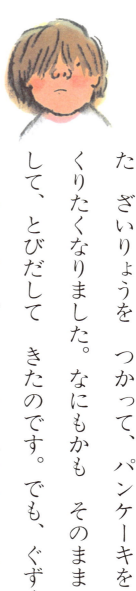

ぎしていたとき、なにかを　みたかも　しれません。

エスメラルダは、げんかんまえの　あがりだんに、こしかけて　いました。ペットが　いないから、あらったり、ブラシを　かけたり、たべさせたり、しなくて　いいのです。

「ロザモンドの　まどわくに　あった　ツナの　あきかんをみなかった？」と、ぼくは　きいて　みました。

「みたわよ。」と、エスメラルダは　いいました。

「めちゃくちゃな　大《おお》さわぎが　はじまる　まえにね。ファングが、まどの　すぐ下《した》に　立《た》っていたわ。」

「ファングが？　ねえ、あの　犬《いぬ》、どっちを　むいてた？」

「まどを　右《みぎ》に　して　立《た》って　いたわ。きばを　むきだして、しっぽを　左右《さゆう》に　ふってたわ。」

めいたんていネートは、あたまを　はたらかせました。

「これは、あたらしい　てがかりだ。これで　なにが　わかる？」

とつぜん、じゅうような　ことが　わかりました。ぼくと　スラッジは、アニーの　いえまで　はしりました。

アニーは、ファングに　おゆを　つかわせて　いました。
ファングは、おふろの　中《なか》に　いました。あわだらけで、
いまにも　かみつきそうな　かおを　していました。
「ファングを　コンテストに　だす　したくよ。」
と、アニーは　いいました。
「ファングは　かわいいので　ゆうめいだけど、そのうえ
かっこいい　ことも　わかるわよ。」
アニーが、ファングの　しっぽを　あらいはじめました。
「まって！」ぼくは、おおごえで　とめました。
「ファングは、てがかりを　からだに　くっつけて　いるか

もしれないんだ。」

ぼくは、ファングに　ちかづきました。もちろん、しぶしぶです。でも、しっぽをしらべなくては。そして、やっぱり！　てがかりが、しっぽの　さきに　ありました。めを　ちかづけると、ファングのしっぽに、きんいろの　ぺんきがついていたのです。それも、しっぽの　右《みぎ》がわです。

ぼくと　スラッジは、ロザモンドの　いえまで　かけもどりました。

「めいたんていネートは、ツナの　あきかんは、いえの　そとに　おちたと　かんがえる。」

「どうして　わかるの？」と、ロザモンドが　ききました。

「ファングが、まどを　右《みぎ》に　して、立《た》っていたからだ。ファングは、しっぽを　左右《さゆう》に　ふっていた。だから、しっぽの　右《みぎ》がわに　ぺんきが　ついている。つまり、しっぽで　あきかんを　たたきつづけて、まどの　下《した》に　おとしたんだよ。ぼくは　もう　いちど、いえの　そとを　よくしらべてみる。」

「コンテストは、あと　十五ふんで、はじまるのよ。」

と、ロザモンドは　いいました。

「大《おお》いそぎで　よーく　さがしてみる。」と、ぼくは　いいました。

ぼくと　スラッジは、そとに　とびだして、もう　いちど、いえの　まわりを　しらべました。ほどうも、いったりきたり　しました。この　ほどうには、うんざり。てまばかり　かかって、てがかり　なし。

めいたんていネートも、いきづまりました。ほんとうに、てごわい　へんな　じけんです。じかんまでに、かたづきそうに　ありません。いつに　なっても、かたづきそうに　ありません。

ぼくと　スラッジは　いえに　もどりました。スラッジが　かみぶくろを　かぎはじめました。かみぶくろの　においなんか、なぜ　かぐのかな？　犬《いぬ》の　シャンプーと、パンケーキの　ざいりょうしか　はいって　いないのに。それに、スラッジは、シャンプーも　パンケーキも、きらいな　はずです。

いまは、かみぶくろなんか　どうでも　いいのです。じけんを　かいけつする　ために、いえの　そとに　おちたあきかんの　ことを　かんがえなくては。

あの　大《おお》さわぎの　あと、なにが　おこったか？　さかなくさい　においの　ことは？　アナスタシャの　いの　中《なか》に　きえた　ものは？　きんいろの　ぺんきと

ファングの　しっぽの　ことは？
ファングは、しっぽに　きんいろの
ぺんきを　つけたまま　かえった。
ファングは、それに　気《き》づかなかった。
アニーも、それに　気《き》づかなかった。
ツナの　あきかんも、だれかが　いえ
に　もってかえって、それに　気《き》が
ついて　いないのかも　しれない。
もんだいは　どうやって　もちかえったか
です。あきかんは、しっぽには、くっつきません。

あきかんは、めだちます。でも、みえなければ、はなしはべつ。そう、かくされていれば　だれにも　みえない。たとえば、アナスタシャの　おなかみたいに、ふくらんで　いる大《おお》きい　ものの　中《なか》に　はいっていれば、みえない。

とつぜん、めいたんていネートは、じけんが　かいけつしたことに　気《き》づきました。

でも、かいけつしたのは、スラッジが　さきでした。

スラッジは、まだ、かみぶくろの　においを　かいでいました。ぼくは、ふくろの　中《なか》を　のぞき、かたてを　いれて、ツナの　あきかんを　とりだしました。きんもじで、〃ゆう

しょう〟と、かいて　あります。
あきかんを　もちかえったのは、めいたんていネート！
　その　わけも、ちゃんと、わかりました。ファングが、まどから　あきかんを　おとしたとき、ぼくが、ロザモンドの　いえの　まえを　とおったのです。そして、あきかんは、じてんしゃの　にだいの　かごに　のせてあった、かみぶくろの　中《なか》に　おちました。

ぼくは、それに　気《き》づかないで、いえまで　もってかえったのです。

さあ、この　あきかんを　コンテストに　とどけなくては。

コンテストの　はじまりを、みんなが　まっていました。ロザモンドは、四ひきの　ねこを　つれて。

アニーは、ファングを　つれて。

フィンリーは、ねずみを　つれて。

オリバーは、だいじに　している　うなぎを　つれて。

エスメラルダは、ひとりで　きていました。

クロードと　アナスタシャは、やっぱり　きていません。クロードが　アナスタシャを　みうしなったか、アナスタシャが　クロードを　みうしなったか、どちらかです。

ぼくは、しょうひんを　もちあげて　いいました。

「これは、ぼくの　かみぶくろの　中《なか》に　あった。わけを　はなせば

ながく
なるし、
いまは、
その　ひまが　ない。」
ぼくは、エスメラルダに、しょうひんを　わたしました。
ロザモンドが、はくしゅして、いいました。
「すごい。すてきな　すべりこみ。これで、コンテストが
はじめられるわ。」
「そうとも。めいたんていネートは、じけんを　かいけつし
た。でも、スラッジの　ほうが　はやく　かいけつしたんだ。」

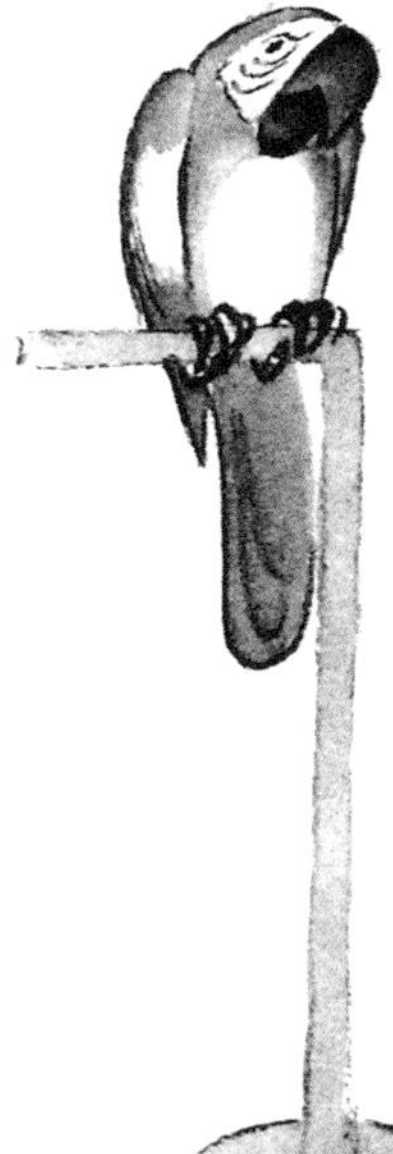

エスメラルダが　いいました。
「スラッジって、ほんとに
すてき。でも、どの　ペット
にも　チャンスは　あります。
すてきな　ところを　みせて
ちょうだい。コンテストを
はじめます。」
　オリバーの　うなぎは、
うしろむきに　およぎました。
ファングは、きばを　みせびら

かしました。　ロザモンドの　ねこたちは、　けを　ふりまきました。　フィンリーの　ねずみは、　かくした　チーズを　みつけました。　ピップの　オウムは、　スピーチを　すっかり　わすれていました。

　そして、　エスメラルダが　いました。

「ゆうしょうは……スラッジ！　じけんの　なぞを　とく　ことが　できる、　ゆいいつの　ペットです。」

スラッジは、ほこらしそう。めいたんていネートも、とくいがお。みんなが　スラッジを　いわって　はくしゅし、エスメラルダが、スラッジに　しょうひんを　わたしました。

スラッジは、しょうひんの　においを　かぎました。これ、どうすれば　いいの？　という　かおでした。かすれた　きんもじの　ついた、おかしな　あきかんの　もちぬしに　なって　しまったのです。

スラッジと　ぼくは、しょうひんを　もちかえりました。ぼくは、スラッジに　うんと　大《おお》きい　ほねを　やりました。スラッジには、これが　いちばんの　しょうひんでした。

じけんは、かいけつしました。
でも、ぼくには、まだ　する
ことが　ありました。
ぼくは、かみぶくろを
あけて、犬《いぬ》の　シャンプーを
すてました。それから、パン
ケーキを　つくりました。
それが、めいたんていネートの
しょうひんでした。

（おわり）

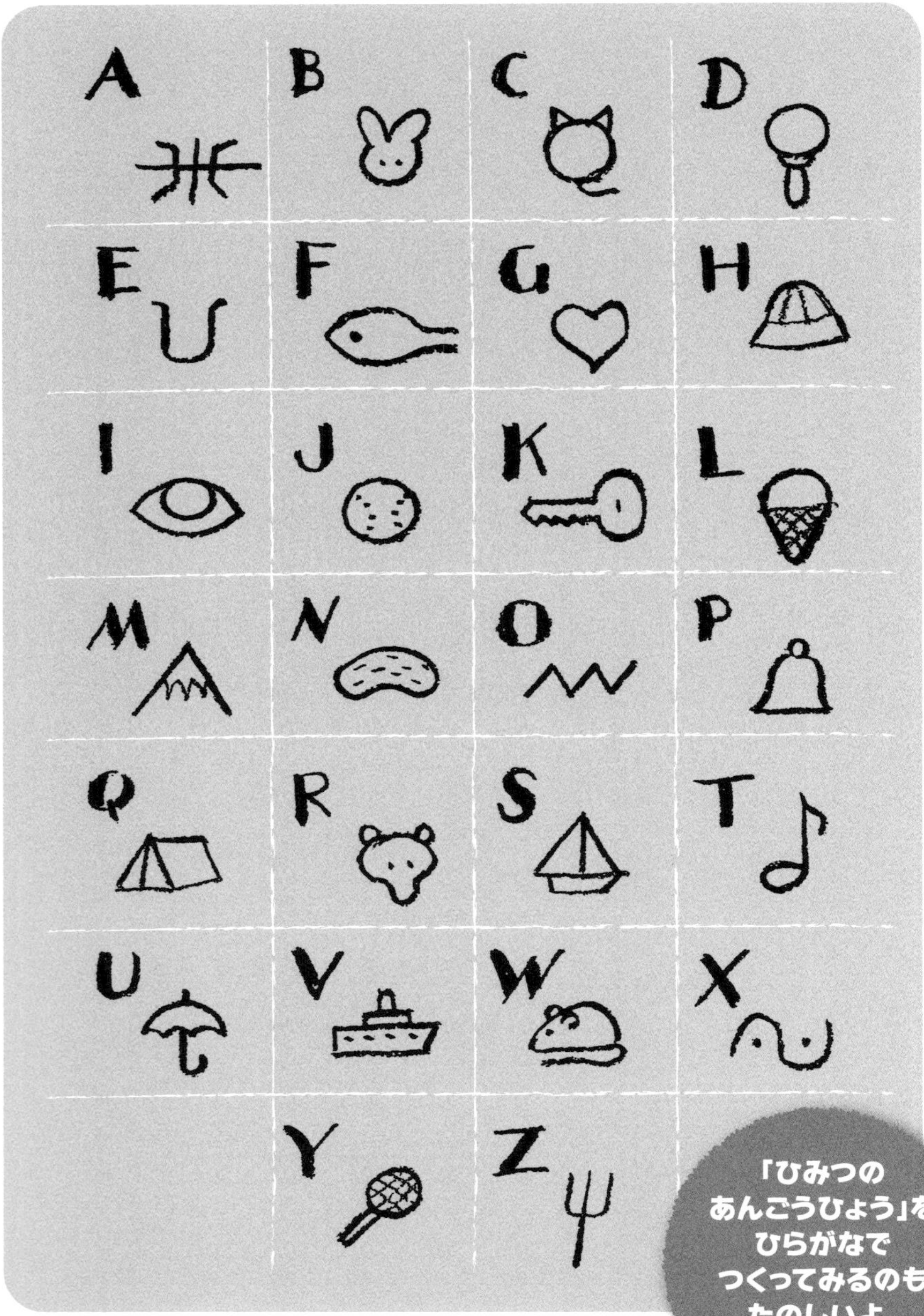

「ひみつの
あんごうひょう」を
ひらがなで
つくってみるのも
たのしいよ。
やってみてね。

こたえ ：Welcome! You cleared the secret code!（いみは、「おめでとう! ひみつの あんごうが とけたね！」だよ）

ひみつの　あんごうひょう

ときに　たんていは、ひみつの　あんごうを　しるした
メモを　のこして　いかなければ　ならないよ。
また、じけんを　かいけつ　するために、
ひみつの　あんごうを　ときあかさなければ
ならない　ときも　あるんだ。

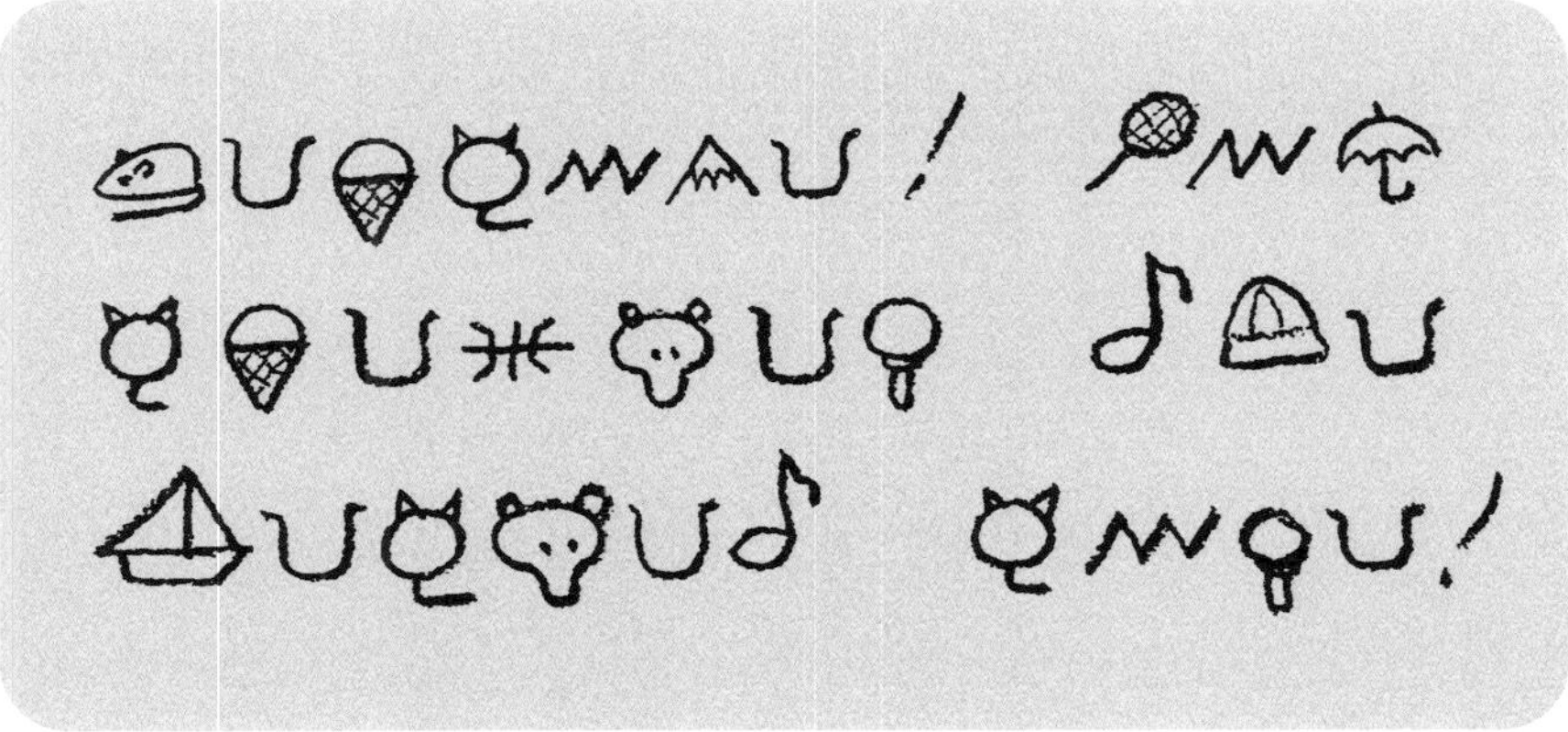

上《うえ》の　マークは、ひみつの　あんごうだ。
一《ひと》つ一《ひと》つの　マークを
右《みぎ》のページの　あんごうひょうを　見《み》ながら、
アルファベットに　おきかえてみよう。
ぼくからの　メッセージに　なっているよ。
ひみつの　あんごうを　つかい　こなせるように　なれば、
きみも　りっぱな　めいたんていだ！
（わからなかったら、おとうさんや　おかあさんに　きいてみてね。
こたえは、右《みぎ》のページに　かいてあるよ。）

つくりかた

1. 大《おお》きなボウルに　たまごを　わって　入《い》れ、
こむぎこ、たまねぎ、くろこしょうも　入《い》れて、
あわだてきで　よく　かきまぜます。

2. 千《せん》ぎりにした　ジャガイモを　水《みず》に　ひたしたあと、
ペーパータオルの　上《うえ》に　のせて、水《みず》けを　とります。
それを　**1.** の　ボウルに　入《い》れて、かるく　かきまぜます。
これで　ラトケスの　きじの　かんせいです。

3. ちゅう火《び》で　あたためた　フライパンに、
小《こ》さじ　1ぱいの　バターを　のせて　とかします。

4. **2.** で　つくった　きじを、スプーンなどを　つかって、
フライパンに　ながしこみます。
できるだけ、まるい　かたちに　しましょう。

5. かためんを　3ぷんずつ　やくか、
ひょうめんが　きれいな　ちゃいろに　なるまで　やきます。

この　りょうで、10まいくらい　やけます。
おこのみで、アップルソースや
サワークリームを　つけて　たべてね。

ネートの「ラトケス」レシピ

ラトケスと　よばれる、 ジャガイモの　パンケーキは、
ぼくが　とくべつな　ときにだけ　つくる　パンケーキです。
ママや　パパにも　手《て》つだって　もらって、 つくってみよう！

ようういするもの

- 大《おお》きなボウル
- ペーパータオル
- フライパン
- フライがえし
- あわだてき（なければ、 大《おお》きなスプーンなど）

- じゃがいも（かわをむき、 千《せん》ぎりにしたもの）…4つ
- たまご……………………………………………2こ
- こむぎこ …………………………………………カップ 1/3ぱい
- みじんぎりにした　たまねぎ …………………カップ 1/4ぱい
- くろこしょう ……………………………………小《こ》さじ1/4ぱい
- バター……………………………………………小《こ》さじ1ぱい

あとがき

「めいたんていネート」は「ぼくはめいたんてい」に続く新シリーズです。主人公は，前のシリーズと同じ９歳のネート少年です。相変わらずシャーロック・ホームズばりに，ディアストーカーという前後のひさしのついた帽子とトレンチコートといういでたちで，愛犬スラッジをつれて登場します。そして，どんな難しい事件も「このじけん，ひきうけよう」とたのもしく答えます。

名探偵ネートのまわりでは，ペット・コンテストの賞品がなくなった，だいじな雑草が行方不明になった，野球の２塁ベース（くねくねしたタコのおもちゃ）が消えた，お金入れの箱が見つからない，猫用のまくらカバーがどこかへいってしまった，お母さん犬からクリスマス・カードが届かなくて犬がふさぎこんでいるといった事件が起こります。ネートは，ていねいな推理を積み重ねて，一つ一つ見事に解決します。

話はどれもユーモアたっぷり。お母さんからクリスマス・カードが届かなくてふさぎこむ犬は，ファング（きば）という名前の，大きくておそろしい感じの犬なのです。ネートとスラッジは，この犬がこわくてにげまわっています。ほかに，このシリーズに欠かせない変わった女の子ロザモンド，いつもだれかといっしょにいたい“くっつき虫”のオリバーなどの少年少女，ロザモンドのペットの４ひきの猫たちなど，みんなちょっと変わっていて，毎日を生きていくことの楽しさが伝わってきます。

このゆかいな人と動物たちの物語に，作者マージョリー・ワインマン・シャーマットは人と人とのつながりの理想をこめているように思います。アメリカのコールデコット賞受賞の画家マーク・シマントは，ユーモラスな物語の雰囲気，特に登場する人間と動物たちの表情を上手に描いていて，絵を見ていると，心の底から楽しさがわき上がります。

作者と画家のかんたんな紹介をしておきます。

マージョリー・ワインマン・シャーマットは，１９２８年生まれのアメリカの作家。生まれ故郷のメイン州ポートランドの短大で学び，広告などの仕事に従事していました。子ども時代からの作家になる夢を絵本『レックス』で果たし，以後幼年向きからヤングアダルト向きまで，広い範囲の作品を発表しています。

マーク・シマントは，１９１５年パリに生まれ，子ども時代をフランス，スペイン，アメリカで過ごしました。パリとアメリカで美術を学び，マインダート・ディヨング，マーガレット・ワイズ・ブラウン，シャーマットなどの作品のさし絵を担当。ジャニス・メイ・ユードリ文の絵本『木はいいなあ』の絵でコールデコット賞を受賞しました。またジェイムズ・サーバーの『たくさんのお月さま』に新しい絵を添えて高く評価されました。

なお，『ねむいねむいじけん』は，ロザリンド・ワインマンが共作者になっており，人騒がせな夜の電話のアイデアは，彼女の思い出からのものだそうです。『いそがしいクリスマス』では，クレイグ・シャーマットが共作者です。

新シリーズ「めいたんていネート」を，前シリーズと同様に喜んでいただけたらと願っております。

（訳者）

※刊行当時のあとがきを，そのまま掲載しています。現在は，「ぼくはめいたんてい」シリーズに全て統一しています。

訳者紹介

神宮 輝夫(じんぐう てるお)

1932年群馬県生まれ。早稲田大学英文科卒業。青山学院大学名誉教授。児童文学評論、創作、翻訳など、はばひろく活躍している。主な訳書に『アーサー・ランサム全集』(岩波書店)『ウォーターシップ・ダウンのうさぎたち』(評論社)、評論に『世界児童文学案内』(理論社)『英米児童文学史』(研究社)、創作に『たけのこくん』(大日本図書)などがある。

新装版 ぼくは めいたんてい
ペット・コンテストは大さわぎ

ぶん マージョリー・ワインマン・シャーマット
え マーク・シーモント
やく 神宮輝夫
小宮 由(ひみつのあんごうひょう・ネートの「ラトケス」レシピ)

2015年2月20日 第1刷発行
2024年2月29日 第2刷発行

発行者●中村 潤
発行所●大日本図書株式会社
〒112-0012 東京都文京区大塚3-11-6
URL●https://www.dainippon-tosho.co.jp
電話●03-5940-8678(編集)
03-5940-8679(販売)
048-421-7812(受注センター)
振替●00190-2-219

デザイン●籾山真之(snug.)
本文描き文字●せり ふみこ

印刷●株式会社精興社
製本●株式会社若林製本工場

ISBN978-4-477-02705-0
52P 21.0cm×14.8cm NDC933